La robe de Noël

Pour
Édouard,
Miyoko et Einar

Première édition dans la collection *lutin poche* : octobre 2004
© 1999, l'école des loisirs, Paris
Loi numéro 49 956 du 16 juillet 1949 sur les publications
destinées à la jeunesse : septembre 1999
Dépôt légal : novembre 2013
Imprimé en France par Pollina - L66800
ISBN : 978-2-211-07792-7

Satomi Ichikawa

La robe de Noël

lutin poche de l'école des loisirs
11, rue de Sèvres, Paris 6ᵉ

La fin de l'année approche.
À la lisière de la forêt,
les sapins ne peuvent plus rester tranquilles.
Car bientôt ce sera un grand jour pour eux,
le jour de partir à la fête.
Mais oui, bientôt ce sera Noël !

« Quelle robe voudrais-tu pour la circonstance ? »
demande le plus grand à son voisin.

«Ah, j'y réfléchissais justement ! C'est une fête
tellement importante pour nous ! »
« Oui, nous l'attendons depuis si longtemps ! »
Et chacun rêve et se demande quelle robe il portera
pour la fête. Dans l'ombre de ces grands arbres,
il y a un tout petit sapin qui les écoute.

« J'ai toujours rêvé d'une robe de fleurs », dit un sapin tout rond.
« Qu'en pensez-vous ? »
« Mais non ! Un arbre de Noël ne ressemble sûrement pas à ça.
Noël n'est pas la fête du printemps, voyons ! »
Mais à la vérité, aucun d'eux n'a jamais vu d'arbre de Noël.
Ils ne peuvent qu'imaginer.
« Noël, d'après ce que j'ai entendu dire, c'est la fête
de la lumière », déclare le grand sapin.

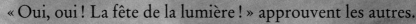

« Oui, oui ! La fête de la lumière ! » approuvent les autres.
« Alors moi », dit un sapin triangulaire,
« je voudrais une robe, pareille à l'or du soleil couchant !
J'en ai assez d'être vert toute l'année ! »
« Moi, j'ai toujours rêvé d'une robe arc-en-ciel »,
dit un sapin bien touffu.
Et le petit sapin les écoute, émerveillé.

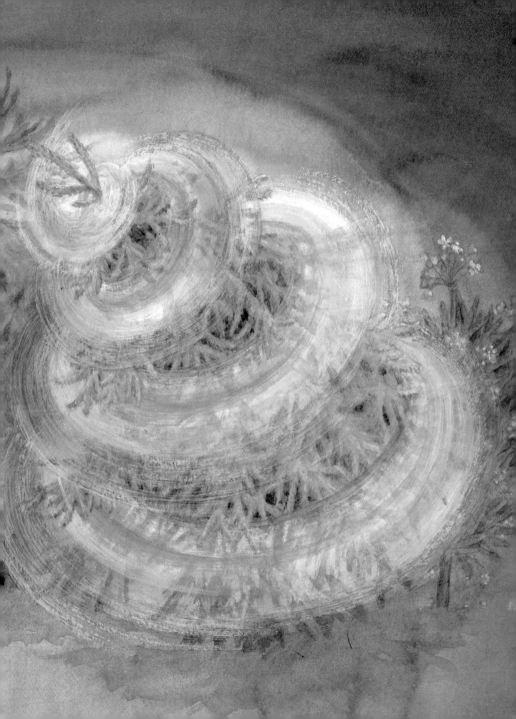

« Quant à moi », dit le grand sapin,
« je voudrais une robe faite
de mille étoiles scintillantes ! »

« Oh, oui ! ce serait éblouissant ! » pense le petit sapin.
« Et je voudrais être sur la plus belle avenue du monde ! »
poursuit le grand sapin.
Tous les autres renchérissent.
Le petit sapin a bien un rêve, lui aussi, mais qui l'écouterait ?
« Personne ne me demande mon avis », songe-t-il tristement.

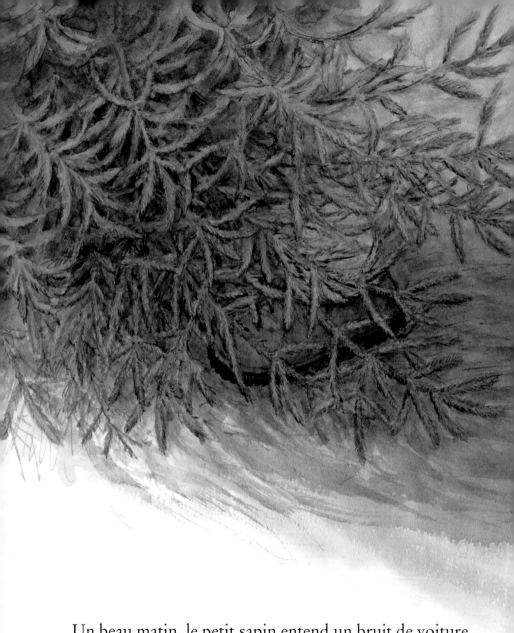

Un beau matin, le petit sapin entend un bruit de voiture, puis de terribles grincements qui le font frémir des racines jusqu'au bout des aiguilles.

L'horrible bruit s'arrête, et puis il recommence.
Il s'est rapproché.
Le petit sapin tremble de toutes ses branches.

Voilà que soudain le ciel s'ouvre.
Et le petit sapin voit tous les autres partir sur un camion
vers un monde inconnu.
« Évidemment, ils m'ont oublié ! Ils sont partis sans moi !
C'est insupportable ! » dit-il, rouge de colère.

« Même cet horrible bruit je le supporterais,
si seulement je pouvais partir, moi aussi !... »
Il se débat de toutes ses forces, mais il n'y a rien à faire.
« Quel malheur de rester planté là ! »
Il se sent seul, abandonné.
Mais soudain une voix s'élève : « Tu n'es pas seul. »

Le petit sapin regarde autour de lui
et voit un grand arbre décharné.
«Tiens, vous non plus vous n'êtes pas parti ? »
Et il pousse un grand soupir de soulagement.
« Alors, quel est ton rêve, petit sapin ?
Quelle robe voudrais-tu porter pour Noël ? »
lui demande gentiment le vieil arbre.
Le petit sapin est bien content d'avoir quelqu'un
qui l'écoute. « Oh moi, je rêve d'une robe toute blanche,
comme un voile de lune. Mais je sais que je devrai
attendre encore longtemps… », dit-il tristement.
« Peut-être pas si longtemps que cela. »
« Et vous ? De quelle robe rêvez-vous ? »
demande le petit sapin.
« Oh, moi, de toute façon, je suis trop vieux… »
« Mais non ! Il faut être patient et le jour viendra
pour vous aussi, j'en suis sûr ! »

C'est le matin de Noël.
Lorsque le petit sapin s'éveille, il est surpris
de voir une robe toute blanche
descendre du ciel et se poser délicatement sur lui.

Et quand le soleil se lève,
cette robe blanche se met à scintiller de mille éclats.
« Que tu es beau ! » dit le vieil arbre.

« Mais regardez ! Vous aussi ! » s'exclame le petit sapin.
Des oiseaux de toutes les couleurs se sont posés
sur le vieil arbre et ils chantent de merveilleuses mélodies.
« Ça alors ! C'est incroyable ! C'est juste ce dont j'avais rêvé.
Leurs chansons sont si délicieuses ! Quel cadeau de Noël ! »
« J'en étais sûr ! J'en étais sûr ! » chante le petit sapin,
tout joyeux.

Ainsi ils passèrent ensemble
le plus beau des Noëls.